KB260642

임영모 제11시집
상상의 세월

국립중앙도서관 출판시도서목록(CIP)

상상의 세월 : 임영모 제11시집 / 지은이: 임영모. — 서울 : 한누리미
디어, 2011
   p. ;   cm

ISBN 978-89-7969-406-2 03810 : ₩10000

한국 현대시[韓國 現代詩]

811.7-KDC5
895.715-DDC21   CIP2011005080

임영모 제11시집

상상의 세월

한누리미디어

시인의 명상

산은 높고 넓을수록
밀려오는 구름을 품을 수 있고
울려오는 메아리를 담을 수가 있으니
그 가슴팍에는 맑은 영혼의 심성이 살며
억만 년의 세월 바람을 맞고
세상 이야기를 들어도 묵묵히
그 자리를 지키며 변치 말라 가르쳐 준다
강은 길고 깊을수록
내려보는 달빛을 품을 수 있고
흘러가는 은하수를 담을 수가 있으니
그 마음 속에는 쉬지 않고 흘러가는
깊은 영혼의 줄기가
해복 양수와 같은 품에서
파도 물결 넉넉한 사랑의 춤을 추고 노래한다
사람은 인연된 자리에
향기를 뿌리는 것이 사람의 도리라 했거늘
앉은자리 흔적도 없고
철 따라 갈아입는 색깔이 되어
꿈쩍도 하지 않는 세월만 유혹하니
참으로 어리석구나
그런데 사람들아 사람들아

이런 저런 도리와 이치를
그럴 때는 고개 돌려 눈먼 장님의 연극을 보느냐
사람으로 나서 사람으로 살라면
사람 같은 짓을 해야만이
짐승도 고개를 갸우뚱거려 준다.

인생길 가다가
눈앞에 보이는 돌멩이 하나 치우면 될 것을
바위의 그림자를 벗어나지 않는구나
산천의 나무도 아무렇게나 뿌리를 내리지 않고
들판의 들꽃도 마지못해 살지 않으니
우리네 인생 시처럼 살자고
내 자신의 깊은 심연을 들여다볼 수 없고
울어도 울어도 눈물이 없는 새의 마음으로 살며
웃어도 웃어도 소리를 내지 않고 웃는 얼굴로 살며
세상길 두드리는 세월길 지팡이 끝에서 바라보는
인생 기다리는 세월이 상상의 아름다움을 그려 가는
인생 희로애락 꿈꾸는 시의 세계이구나
사람들아 사람들아
쉬어간들 어떠하리 휘어간들 어떠하리.

차례

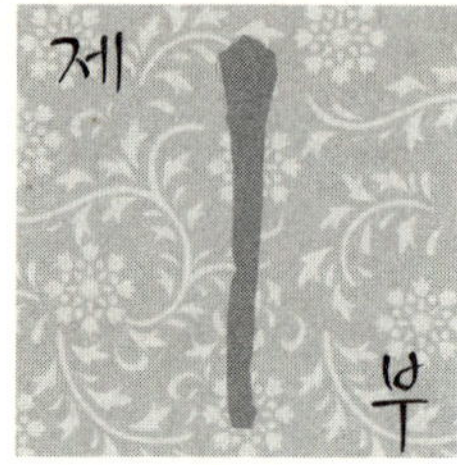

그림자 속의 미소

님의 가슴에 젖은 눈물

슬픈 비가 내리는 날

12

인생만사 희로애락

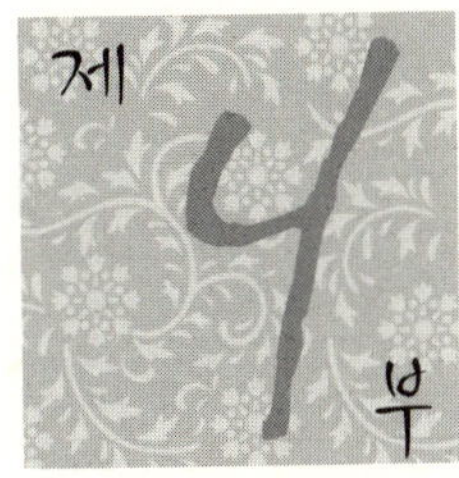

13

님을 위한 기도

세월의 연정

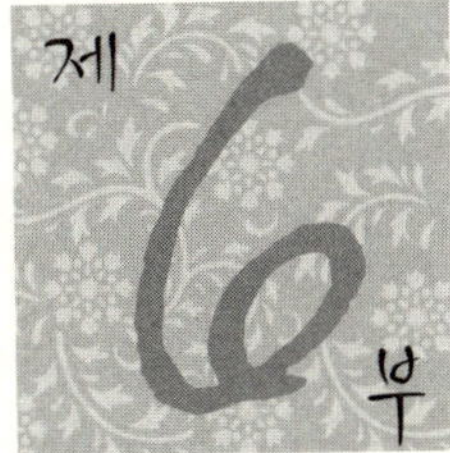

15

1^부
그림자 속의 미소

상상의 세월

세월은 옆눈질 한 번 주지 않은 채
세상의 벽을 허물고
사람의 마음 틈새를 비집으며
자연의 진화를 위해
창조의 꿈길을 찾아
추억의 발자국을 찍고 간다.

바람도 돌보지 않는 들판에
메마른 들풀들의
생명을 다둑거리며
옹상한 산비탈에
벌거벗은 발등을 내놓고
인정 없는 세월 바람에
오돌오돌 떨고 있는
늙은 고목나무 뿌리에
세월의 흔적을 남기고 간다.

그렇게 외로워도
고독해도 세상을 보듬고
깨달음을 주고 간 자리
삶에 애착을 찾는

꿈꾸는 희망에 물음표를 그려 준다.

누구도 가지 않는 길
먼저 길을 놓고
사람들을 따라오라
손짓도 하지 않지만
강물에 얹혀 가는
맥없는 가랑잎 신세로
세월의 물결 따라
쉴새도 없이 부지런히 간다.

끝도 갓도 없는 세월길에서
사람마다 사람의 마음을 따라
인생사를 꿈꾸는
지친 삶의 고함소리
하늘 우러러 외쳐 보지만
넓은 세상의 메아리처럼 흩어질 뿐
그나마 인생살이 안쓰러운 듯
인생길 메아리
산천의 녹수가 마음을 씻어 준다.

그림자 속의 미소

님의 이미지에는
그림자에도
미소가 있는 듯
저의 눈빛이 붓이 되어
상상화처럼
그림자의 미소가
저절로 그려지고 있습니다.

그림자는
햇볕을 따라가듯
사람도 그 사람마다
흘러 나오는
정스러운 빛줄기가
영혼에도 있는 것 같습니다
자꾸 발걸음을 멈추게 하는
님의 미소를 보니 말입니다.

꿈꾸었던 인연

우리의 인연은
오늘을 위해
어디서 무엇을 하며
얼마나 꿈꾸고 있었을까요
참으로 오랫동안 오고 싶어
마지막 인내까지
다 쓰고 왔을 것 같아요
이렇게 좋은 님을
상상의 저편에 두고서 말입니다.

밀려오는 바람결을
그 어떤 형태로도
막을 수 없듯
인연의 힘이란
세상을 다 품고도 남을
심오하고 신비한
사연이 있는 것 같습니다.

봄날의 손짓

목련 꽃 향기가
봄바람에 날려
시들어 가는 꽃잎 볼을 어루만지며
늦장부리고 있는 잎새를
향기 품은 옷자락으로
흔들어 깨우고 있는 생명의 모습이
지금 이 시간
저기저기 저 공중에
우리 예쁜 님이
미리 마중 나간
싱그러운 오월의 바람을 타고
속살이 훤히 비치는 푸른 바다 물결이
거울을 거꾸로 돌려 보니
비단실 같은 햇살로
살짝 눈빛 화장한 백옥보다
하얀 뭉게구름이 백합꽃처럼
우아한 자태로
님의 얼굴인 양 피어나니
아
내 님의 그리운 생각
봄기운보다 낫다.

무너진 그리움

어느 날 그렇게
무너진 그리움은
파도 위를 거닐던 구름 타고
춤추는 파도의 리듬.

가락에 쓰라린 이별처럼
산산이 부서진 파도가
갈기갈기 찢어진 그리움만
순간에 무너진 시간.

무심한 바위에 눈물만 남기고
그 때를 잊은 양 철썩거리며
망각의 시간으로
철 없이 가느냐.

어느 날 그렇게
나의 그리움을 때리며 가느냐
나의 사랑을 부수며 가느냐.

덧 없는 인생

공중을 뚫고 떨어지는
겁 없는 빗방울
눈을 감고 땅바닥에
사정 없이 곤두박질하네.

아슬한 곡예사처럼
세상의 마당에서
언제나 위험한 광대 놀음 속에
또 하루를 재주 부리듯 사네.

상처가 아물기도 전에
그 상처를 보듬고
가는 세월에 매달려 보지만
인정 없는 세월
허약한 내 마음
헛웃음도 치지 말라고 하고.

서러운 눈물이 되어 흘러가는
초라한 빗방울을 바라보며
빗방울을 배를 삼아
내 마음을 흘려 보내네.

언제나 혼자였던
나의 새벽 같은 고독은
눈서릿발 내리는 어느 날 밤
쓸쓸한 시인의 사색 되어
오늘도 또 내일도
고독한 인생을 끙끙대며
인정 없는 무심한 세월에
목을 매듯 달라 붙어
어디로 갈까.

이러다 빗방울처럼
흔적 없이 사라질까 두렵구나
갈길 몰라 서성이는 덧 없는 인생이.

운명이었습니다

하얀 내 마음 깊은 곳에 달려와
숨이 막히듯 멈춰진 곳에
우리 운명의 인연이 기다리며
반가운 손님 맞이하듯
우리는 그 길을 같이 갔습니다.

어둠 속에 새벽처럼 피어난 운명
우리는 한밤중에 헤치며
손님처럼 찾아온 운명을 꿈꾸었습니다.

한순간을 놓칠세라
금이야 옥이야 하면서
그토록 소중하게
그토록 아름답게
나는 햇볕이 되고
당신은 비가 되어
철 따라 피어나는
어여쁜 꽃에 자양분 같은
우리의 운명이었습니다.

사시사철 꽃 같은 웃음과

푸르른 향기 같은 마음으로
우리의 인연을 돌보며
주어진 운명의 인연을
소중히 아름답게 보듬고 살겠습니다.

지천에 뿌리내린 들풀처럼
변함 없는 생명력으로
영원토록 싹트게 할 것입니다
기도하는 마음을 모아서.

인생의 수수께끼

흘러 가고 흘러 오고
세월이 소리 없이 오고 간다.
온다는 말도 없고 간다는 말도 없이
낮이 되고 밤이 되어
해가 되고 달이 되어
세월의 길목에다
인생의 발자취를 남기고 간다.

세월 따라 바람 따라
물결 따라 구름 따라 가는 걸까
인생의 세월은
따로 흘러가는 곳이 있을까.

물어도 물어도 대답은 없고
세월 따라 가는 인생길을 알 수 없어
캄캄한 밤하늘 바라보며
내 마음을 밝혀 봐도
초생달만 깜박일 뿐
그 수수께끼 풀리지 않고
내 인생 심연 깊은 곳에
한서린 시름만 차곡차곡 쌓인다.

님의 자리

캄캄한 하늘 저 편
길을 잃었나
외롭게 떠도는 별 하나
내 눈에 담아
따뜻한 그리움으로 감싸준다.

새벽 이슬 길을 찾아가는 밤
앉을 자리 망설이는 이슬을 보고
내 몸에 내려앉으라
바람결에 손짓하는 풀잎의 소리
적막한 산 속의 잠을 깨운다.

님의 사랑처럼 불어오는 솔바람
손에 잡힐 듯 내 눈에 보이고
내 그림자 안에서 머물 때
시샘하는 나비 한 마리
내 어깨가 꽃잎인 양
살포시 내려앉는다.

어머니

어머니 어머니
계신 곳이 어딥니까
별이 뜨는 별나라입니까
달이 차오르는 달나라입니까
그도 저도 아니면
저 하늘을 떠도는 허공입니까
동이 트지 않는 저 깊은 땅 속입니까.

어머니의 눈빛 같은
저 별을 바라봐도
어머니의 얼굴 같은
저 달을 바라봐도
어머니 생각에
어머니 어머니
눈물이 그냥 핑 돕니다.

어두운 밤하늘을 떠도는
은하수를 바라봐도
어두운 밤하늘에
정처 없이 떠도는
저 슬픈 구름을 바라봐도

어머니의 그리움에
어머니 어머니
눈물이 그냥 흘러 내립니다.

해가 뜨고 져도
달이 떠도
달이 기울어도
어머니 어머니의 모습은
시도 때도 없이
그림자처럼 따라 다닙니다.

늘상 숨어 있는 바람조차
숨어 있는 구름조차
숨어 있는 물결조차
어머니를 그리는
아픈 내 마음을 아는지
세상을 향해 내 옆으로 다가옵니다.

어머니 어머니 어머니.

사랑의 불빛으로

세상살이 어렵고 힘들어하며
앞에 놓인 현실이 무서워 살금살금 도둑고양이처럼
세상을 피해 가고 싶은 삶에 지친 사람들에게
이 무겁고 어두운 삶을 헤쳐갈 수 있는
용기와 희망의 빛을 비쳐 주십시오.

살다 살다 삶에 지쳐 버린
심신이 나약하여 끙끙대며 절망에 빠진 사람들에게는
지푸라기라도 잡을 수 있는
기적 같은 신비의 시간을 주시고
마침내 난간을 딛고 일어선 소생들이
담대한 바위 위에서 저 넓은 세상을 바라보며
다시 꿈을 키우는 기회를 주십시오.

한 많은 세상을 원망하는 그들에게
언제나 따뜻한 모닥불처럼 훨훨 타올라
그 훈훈함을 온몸에 느끼시게 하시고
차갑게 두껍게 꽁꽁 얼어 있는
쓸쓸하고 외로운 마음 속을 녹여 주십시오.

험하고 거친 세상을 바라보는 그들의 눈을

더욱 맑고 밝은 눈으로 초롱초롱 보게 하시고
마음과 생각을 거울 보듯
자신의 존재감을 빛나게 하십시오.

희망의 불빛 소망의 불빛으로
고통에 있는 모든 이들이
영원히 꺼지지 않는 사랑의 불빛으로
그들이 세상길을 좀더 편히 갈 수 있도록
어둠 속에 한 줄기 빛처럼 비추어 주십시오.

그리하여 우리 모두 아름다운
지상의 낙원 속에서 더불어 살며
행복한 삶이 강물처럼 흘러 흘러
정의가 무지개처럼 피어오르며
불평불만이 없는 이 세상에서
평등한 행복이 들꽃처럼 숨쉬는
그런 세상이 되게 해 주십시오.

저 바람이 자유롭게 불어오고
저 구름이 평화롭게 흘러가고
저 공기가 쉴새 없이 내 몸을 감싸주듯이 말입니다.

구름의 그림자

님에 대한 그리운 추억들이
아름다운 영상으로 쌓이고 또 쌓여
밤새도록 이어지는 꿈결이 되어
지워도 지워도 그 자리에 있는
그림자로 서서
구름 속을 헤쳐 나온 달빛처럼
나의 뜨거운 심장에
등불 하나 세워 주는 님이 되어
차오르는 그리운 숨결을
포옥 안아줍니다.

밤비의 초상

목마른 초목이
몸부림칠 때
반가운 손님처럼
어둠을 춤추는
이 밤의 빗줄기
님 그리워 우는
달맞이꽃의
눈물인 양 한없이 내린다.

길섶 개나리꽃 옆에
젖어 있는 가로등
님이 오실 길목에
밤새도록 서서
밤비를 맞으며
그리움을 눈물로 지새울 때
부서진 달빛마저 서러워
가는 구름 붙잡고
이 밤을 지새운다.

사랑의 숨결로

사랑의 영혼이 운다
길 잃은 영혼이 운다
쉴 곳을 찾아가는 영혼이 운다
숲속에서 속삭이는 생명의 숨결처럼 운다.

한순간 님을 향한 그리움을 놓치지 않았던
영혼의 끈이었다.

시인의 가슴을 쓸어 내린 영혼의 사색이었다
세월의 무게를 다 내려놓고
사랑의 무게를 짊어진 영혼의 빛이었다.

그 영혼이 세상만사 시름을 온몸에 품은
생명의 숨결처럼 운다
바람처럼 울어댄다
바람처럼 울어댄다.

나의 그리움 그림자 품에 안고
내 영혼의 사랑이 운다
숨쉬는 생명의 숨결로 운다
그 사랑의 가슴 속에서 영혼이 운다.

꿈꾸는 상상의 빛

아름다운 여인의 미소를 닮은
곰실 같은 늘어진 햇살이 꿈꾸듯
생명의 하모니를 연주하는 그 시간에
어두운 밤길을 잘도 찾아서
풀잎에 기척 없이 내려앉은 영롱한 이슬처럼
님은 구름에 살짝 걸터앉은 고운 달빛으로
맑은 강물을 거울삼아 분단장한
물결처럼 춤추고 노래하는 하얀 숨결입니다.

인생만사 세상의 푸르른 사물들이
아직 채 눈뜨기 전에
세상을 꽃병 삼아 수줍게 핀
연분홍 진달래 얼굴입니다.

시인처럼 아름답고
신비롭게 창조하는 사색의 공간을
인연의 영혼으로 영영 피어나게 하여
오랫 동안 고전으로 남을
그리운 사랑으로
여린 꽃잎 같은 소녀 시절의 예쁜 꿈을 담아
어느 소녀의 상상의 빛이 되어 갑니다.

영혼의 꽃

아름다운 꽃입니다.
꽃보다 더 아름다운 것은
세상에는 없을 것 같습니다.

하지만
그 꽃을 바라보는 순간
나는 알았습니다.

꽃보다 더 아름다운 것이
세상에 또 있다는 것을
꽃보다 더 아름다운 것은
숨결의 소리가 선율처럼
들려오는 바로 당신입니다.

아름다운 꽃은
내 눈과 마음까지는 즐겁게 하지만
내 영혼까지는 즐거움을 못 줍니다.
내 영혼까지 찾아오는
당신의 웃는 얼굴이 가장 아름답습니다.

꽃은 철따라 피고 지는 아름다움이지만

당신의 영원한 꽃은
변화하는 계절에 시들지도 않고
사랑으로 내 곁에 있습니다.
지금 당신 곁에 있는 나는
영원히 아름다운 행복을 꾸고 있습니다.

2부

님의 가슴에 젖은 눈물

님의 가슴에 젖은 눈물

어제는 온종일 비가 내렸습니다
그칠 줄 모르던 빗줄기였습니다
그 빗줄기는 분명 무슨 사연 있는
슬픈 멜로디 같기도 하였습니다.

나는 그 슬픈 비를 내리는
하늘을 올려 보았습니다
비가 내 살결에 닿는 순간이었습니다
이상하게 그 비는 다른 느낌으로 와 닿았습니다.

그 비는
저 하늘에서 사랑을 나누었던
구름과 바람의 사연이 담긴 눈물인 걸 알았습니다
바람과 구름은 무척이나 사랑을 하였습니다
하지만 바람은 구름의 깊은 속을 너무 몰라주었습니다
바람은 자기 편한 대로만 생각하며
사랑 노래를 불어댔습니다.

어느 날 길을 갑자기 잃은 바람은
그만 땅으로 떨어지고 말았습니다
그런 슬픈 사연이 생긴 뒤로

구름은 하지가 되면 울어댄답니다
그래도 그 구름은 야속한 바람이
쓸쓸히 거니는 땅에 젖어 바람을 애무합니다
이 사연을 사색한 나는
그 님을 생각하며
그 시절을 그리워합니다
그리고 구름이 비를 내리듯
저절로 눈물을 흘리고 있습니다.

그런데 내 눈물은 님의 가슴에 젖지 않습니다
내 눈물은 그냥 내 양쪽 볼을 타고
내 옷깃에 젖고 맙니다
나도 님의 가슴팍에 촉촉이 젖고 싶습니다
그 님은 바람보다 더 멀리 가 버린 것 같습니다.

사랑의 비

하늘에 구름이 울면
비가 되어 땅이 젖고
그리움에 지친 내가 울면
눈물이 되어
님의 가슴에 젖습니다.

사랑이 그리워 님을 부르면
꽃향기 실은 벌 나비가 노래합니다
이별이 슬퍼서 님을 부르면
겨울로 가는 찬바람이
내 살결을 여밉니다.

어젯밤 내린 빗줄기는
구름의 눈물이요
어젯밤 내렸던 이슬은
님의 가슴에 젖은
나의 눈물입니다.

영혼의 언어

사랑스러운 영혼의 언어를
그리운 가슴에 한 움큼 쥐고
님을 향해 달려가는
나의 깨끗한 연정을
향기로운 꽃바람에 실어 보냅니다.

공간도 시간도 뛰어넘고
두터운 어둠도 밝혔던
어젯밤 우리의 한없는 이야기가
영혼의 언어를 맺는 시간이었습니다.

바람결에 꽃잎을 애무하듯
조용한 숨결이 입맞춤할 때
그 순간에 달도 별도 눈을 감고
빗소리를 대신하여
축복의 박수를 보내주었습니다.

나는 그 축복의 멜로디를
자장가 삼아
내 생에 가장 큰 아름다움으로 여겨질
님의 예쁜 느낌을
상상에 담고 꿈을 찾아갔습니다.

구름에 걸어 놓은 님의 향기

언제나 아침에 나를 깨우던 햇살은
오늘 따라 숨바꼭질하는 양
동녘 마루에 그림자만 남아 서성일 때
바람처럼 불어오는 나의 향기가
어젯밤 꿈속의 그 애인처럼 나타났습니다.

그리고
내 맑은 가슴에 물 한 모금 주듯
반가운 손님으로 다가온 보고픈 얼굴 하나
나의 미소를 물감 삼아
어여쁜 님을 그리고 있습니다.

님의 그리움을 스치는 깨끗한 바람에 실어
저 푸른 하늘에 구름처럼 걸어놓고
그리운 님을 오늘 내내 그리겠습니다.

인연으로 만든 얼굴

사람은 세상에 태어나서
성스러운 인연의 역사를
인생의 흔적으로 남기고
희로애락을 맛보며
한세상 살아간다.

이런 인연을 나의 존재와 더불어
사람을 사람답게 살게 하는 일용할 양식처럼
그렇게 생명의 끈이 되어간다.

어느 때였다
나는 그동안 멀리 멀리 돌아온
그녀와의 인연을 찾아
오늘 그 인연의 보따리를 풀어 보면서
마침내 인생의 깊은 맛을 느끼고 있다.

지난 세월 동안 화석처럼 굳어 버린
그 사연 사연들을 굴뚝의 연기처럼
내 머리 속에서 피어나게 하고
눈 깜짝할 사이에 지나가 버렸던
애틋한 세월 다시 한 번 되돌리고 싶다.

삶의 노래

어쩔 때는 아무것도 갖고 싶지 않고
내가 가진 모든 것을
다 내려놓고 싶을 때가 있다
삶에 지쳐 허덕일 때
삶에 대한 허무함으로
나는 세상에 나 혼자임을
절실히 깨닫곤 한다.

나는 누구이며
나는 누구를 위해
세상 모든 삶의 멍에를 짊어지고
끙끙대며 고민해야 하는지

지나온 나날의 수많은 삶의 이야기들
과거가 되어 버린 지나간 사연들
앞으로 살아가야 할 희망의 꿈들이
부푼 기대 속에 꿈틀거릴 때마다
세월은 더 빨리 가고
지친 삶의 무게는 내 몸을 짓누른다.

나의 몸이 아프다

나의 정신이 아프다
나를 사랑하고 있는 내 사랑이 아프다
숱한 꿈들이 하루살이처럼 사라지고
장맛비에 흙 담장처럼 무너지고

아침저녁처럼 찾아온
달이 되었다 해가 되었다
자연스럽게 바꿔진다.

파란 젊은 청춘 다 어디로 가고
내 인생 가져간 세월의 길목에서
벙어리가 되어
가는 세월을
마냥 바라보고만 있다.

구름과 바람은 같은 길

내 눈 속에 거울처럼 비친
내 마음 속속 깃든 사연들을
바람이 알까 구름이 알까
아니면 내리는 빗줄기가 알까.

풀잎에 알알이 맺힌 이슬처럼
내 얼굴에 맺힌 그리운 눈물을
세월은 흘러가고 사연은 지나가도
어찌 잊지 못할
내 인생길 눈물길입니다.

세상이 동화같이 느껴진
그 어린 시절부터
세상이 악몽같이 느껴진
이 시절까지
그렇게도 꿈꾸던 사연은
구름처럼 흩어지고
바람처럼 사라졌으니
흘러 내리는 빗줄기가
내 눈물인 양 서럽게 만져집니다.

내 어린 시절
꽃보다 더 예쁜 입 모양으로
동요를 불러주던
우리 어머니가 그립고
내 어린 시절
저 하늘의 별을 따 줄 것 같던
우리 아버지가 보고 싶습니다.

인생의 추억과 낭만과 꿈은
아무리 생각해 봐도
아이들의 웃음소리처럼
그 시절의 그림자에만
살아 숨쉬듯 보입니다.

그 시절을 생각하니
우리 어머님이 그립습니다
우리 아버님이 그립습니다.

청산과 세월

흘러가는 게 물만 있더냐
흘러가는 게 구름만 있더냐
세월도 흘러가고, 인생도 덩달아 흘러간다.

청산이 뒷짐 지고 고개 들어 하늘을 봐도
녹수가 세상 근심 부질 없다
노랫가락 춤추듯 출렁거린다.

자리 끝마루에 엉거주춤 앉아서
가는 세월 아슬하게 바라보니
뒤도 보지 않고 달려가는 세월이구나.

쉬엄쉬엄 가자고 하소연해 봐도
듣는 둥 마는 둥 기척은 없고
몸 따로 마음 따로 가는 인생길이다.

어차피 바람처럼 불었다가
구름처럼 사라질 인생이거늘
청산 두고 녹수만 흘러가는 게 인생이더라.

사랑의 소리

어여쁜 꽃이 떨어질 때는
향기도 따라 사라지나요
봄날은 흘러가지만
그 향기 품에 안고서
떠난 님을 그려봅니다.

저 산 넘고 강을 건너
세월에 실려가 버린 사랑
사랑의 눈물 그리움의 눈물
오늘도 비가 되어 비가 되어
내 가슴에 슬프게 젖어 옵니다.

사랑도 그리움도
흘러가는 세월 따라
구름처럼 사라지나요.

독도여 대한의 이름이여

나라의 이름이여
민족의 효이어라
독도야 독도야.

바람에 덮쳐질까
파도에 상처날까
마음 아파했던 깨알 같은 긴 세월
대대손손 이어온 아이같이
돌보며 불렀던 대한의 이름이여.

해심에 솟아 있는 푸른 너의 기상
동단 쪽에서 민족의 정기를 받아
이 땅에 뿌려준 얼과 혼은
부모님의 안위를 걱정하는
지극한 효성으로 이어졌어라.

파란 역사의 고비마다
짝사랑하는 그 자들의 목소리
골백 번도 더 넘실거리는 파도 소리처럼
한 귀로 듣고 한 귀로 흘려 버리며
대한의 자랑스러운 자식임을

의연하게 지킨 그 이름 영광이여.

한반도의 숨쉬는 민족의 정기여
천륜의 정이여 영원한 사랑이여
골백 번도 더 너를 그리워한다
대한의 효성 어린 천륜의 이름인 독도여.

아름다운 빛

당신은 언제나 예쁜 미소로
상냥하고 너그러운 이해심으로
거칠고 지친 내 마음 깊은 곳에
여리고 가냘프고 온화한 손길로 다가왔습니다.

솜처럼 부드럽고
공기처럼 없는 듯 있는 듯
자상한 아량으로 간절한 사랑의 빛을
텅빈 내 마음 깊은 곳에 가득 담아 주었습니다.

눈을 감으면 꿈 속 같은
당신의 사랑의 숨결이
늘 생각만 해도 그리움에 젖어
한 줄기 바람이 되어 내 마음 깊은 곳에 스며듭니다.

사랑하는 님이여
아름다운 그대여
여리고 맑은 꽃잎 소리처럼
아침에 가장 먼저 우는 새소리가 되어
내 마음 숨결 따라 들려옵니다.

비울 자리

지금 가야 할 때다
미련을 두지 말자.

지금 가야 할 때가 왔으니
뒤도 돌아보지 말자.

지금 가야 할 길을 앞만 보고 갈 때
가는 이의 뒷모습은 아름다울 것이다.

그렇게 한 계절이 가야 할 때를 알고
한 때를 지냈던 그 자리를 비켜 준다.

화려한 봄 한철 예쁘게 살았으니
그 날에 미련을 두지 말고 자리를 비켜 주자.

그 예쁜 시간 때를 더 이상 추하게 하지 말자
봄같이 살다 향기롭게 사라지는 것이다.

어머니의 금빛 노을

황혼 물결 뜰에 곱게 핀 노을이
자식을 품은 어머니의 정서 같구나
철썩거리는 파도 소리
삶을 일구는 어머니의 목소리 같고
넘실거리는 물결 사이
어머니의 옷자락 같으니
석양 마루 붉게 물든 어머니의 마음
내 가슴 깊은 곳에
고이고이 묻고 싶은
금빛 물결이여
익을 대로 익어 버린
어머니의 깊은 정을 담습니다
어머니의 마음을 정녕 아는지
넘어가는 저 해는
서산마루에 걸터앉아
고요한 달 뜨기만을 기다린 채
짝지어 날아가는 갈매기 한 쌍의
이야기를 그 옛날 들려주었던
어머니의 이야기처럼
너울을 감상하는 바닷가 조개들이
같이 엿듣고 있다.

어둠 속의 얼굴

캄캄한 밤 같은 당신의 마음 속에
먹구름을 헤치고 떠올라
어둠을 불사르는 달처럼

당신의 마음을 환하게 비춰서
피어오르는 달 같은
미소를 보고 싶습니다.

누구도 찾아 주는 사람 없는
우울한 당신의 마음 속에
향기 실은 바람으로 들어가
해가 되고 별이 되어 그늘을 말려 주는
따뜻한 햇살로 있고 싶습니다.

그래도 당신이 외롭고 쓸쓸하다면
어여쁜 꽃잎 당신 가슴에 그려놓고

고운 향기 숨소리처럼 솔솔솔 들리는
꽃들이 합창하는 화단을 가꾸어
항상 이슬 같은 물을 주고
고운 실 같은 햇볕을 내려 주겠습니다.

사랑의 걸음

세상에 다시 태어난다면
나는 꽃이 되어
아름다움으로 그대 가슴에
사랑을 봄처럼
활짝 피우고 싶다.

세상에 다시 태어난다면
나는 꽃이 되어
짙은 향기로 그대 마음에
행복을 봄처럼
화사하게 피우고 싶다.

나는 오늘 저 하늘의 별이 되어
지쳐 있는 그대의 삶에
초롱초롱 빛나는
그리움을 밝히는
희망을 주고 싶다.

나는 오늘 달이 되어
그대의 어두운 마음에
한 줄기 불빛으로 찾아가

밝은 꿈으로
가득 채워 주고 싶다.

나는 꽃이 되고
향기가 되고
별이 되고
달이 되어
그대가 가는 인생길에
낮과 밤 같은
사랑의 걸음이 되고 싶다.

영원한 꽃

꽃을 찾아가는 나비처럼
사랑하는 님의 품에
영원히 안겨
포근한 사랑을 피우고 싶어요
손에 닿을 듯 보이는 님의 그림자
다가가면 점점 멀어지는
당신은 구름인가요
그래도 당신의 마음 찾아
꽃을 찾아가는 나비처럼
당신 품으로 날아갑니다

3^부

슬픈 비가 내리는 날

동화 속 같은 하늘

오늘 따라 고개 들어
하늘을 올려 보고 싶었다
저 하늘나라에는 누가 살고 있을까
집채 만한 구름이 하늘길을 터준다.

구름 위에 푸른 하늘 속에는
진정 사람이 살고 있을까
도저히 알 수 없는 꿈 속 같은 일이다
나 어릴 적 상상이 무너지는 하늘일까
아니면 그리운 아버지가
보고픈 어머니를 만나서
이승에서 못다 이룬 사랑을 나누고 계실까

얼마나 자식들을 보고 싶어 할까
밤이고 낮이고 우리를 지켜보고 계실까
나는 몇 번이고 하늘을 우러러 올려 보며
어린 시절 동화 같은 시간으로 빠져 들어갔다.

슬픈 비가 내리는 날

하늘의 슬픈 사연이
하염없이 쏟아지는 날
땅 바닥의 영상에는
비련의 슬픔들만이
또 숱한 과거사를 만들고 있습니다.

아무리 많은
세월 흘러가도
정녕 잊을 길 없는 그 날들을
또 하늘이 그 사연을
땅 위에 그 역사를 쓰고 있습니다.

이런 날이면
행복했던 사랑도 울고
떠난 님 못잊어 밤새 슬프게 울었던
그 이별도 그 사연 안고
내 마음 한구석에서 서럽게 웁니다.

님의 그림자

그 날의 그림자
생각지도 않게 갑자기 다가와서
까만 밤을 밝혀내고
무거운 멍에를 벗겨 주었다.

하룻밤이
세살박이 걸음처럼
느릿느릿 시간을 먹어가지만
그래도 심장은 뜨겁게 펄펄 끓었다.

어두운 밤이
내 세상인 양 꿈속을 헤매이듯
신비로운 세계가 펼쳐져 갈 때
온통 이슬에 젖어 드는 가슴이 촉촉해진다.

빨간 태양이 비춰
뜨겁게 달아오른 내 가슴에
다시 새로운 몸가짐을 추스리니
친구처럼 아침 햇살이 치솟는다.

추억 속에 꿈

하늘에서 흘러가는 은하수
세상에 떠도는 영혼을 잡아
새로운 생명을 불어 넣고
슬픔에서 기쁨의 빛을 부어준다.

우주에 떠다니는
수줍어하는 별과
얼굴에 화색을 잃은 별이
구름 속으로 흘러 들어간다.

바람결에 손 내미는
반짝반짝 빛나는 아기별은
엄마 품에서 머뭇거리다
동화 속 같은 꿈결로 들어가고 만다.

인생의 눈물

누구의 사연이 빗줄기가 되어 내릴까
누가 이렇게 빗속에서 울고 있을까
먼 길을 떠나야 하는 발걸음 멈춰 서게 한다
서럽게 흘린 눈물
산골짜기 따라 강물 따라 흘러간다
모진 세파를 멍에처럼 걸고 가는 걸음에
무거운 슬픈 비가 내린다
인간으로 태어나
세상을 사랑하고 사람을 사랑한 죄 밖에 없는데
왜 이리 숱한 사연이 눈물 되어 서럽게 흘러내릴까
못다 이룬 꿈도 이상도 그 열정이
바람처럼 불어오고 구름처럼 밀려 오는데
서럽게 흘러내린 눈물 움켜쥐고 내 가슴에 젖는다.

길가에 버려진 종이조각

말문이 꽉 막힌 그리움
빗줄기 그친 뒤 무지개 핀 하늘처럼
어느 순간에 내 가슴에 피어올라
눈물보다 더 아파 저미는 가슴에
복받친 서러움까지 씻어 가는
생명보다 더 고귀했던 그리움으로

그렇게 텅 빈 가슴에 가득 채워진
당신과 나의 숱한 사연들이
이제는 쓰라린 아픔이 되어
칼날 같은 찬바람처럼 부딪치며
그리운 흔적들을 움켜쥔 채
길가에 버려진 종이조각으로
임자 없는 바람 따라
눈을 감은 채 나뒹굴고 있습니다.

구름 속의 마음

구름 속에 그려진 맑은 마음
세상에 피어 오른 하얀 물보라
아름다운 사랑으로 휘날리고
외로운 가슴에 물길이 트인다.

천년을 묶어놓은 그리움
청포도 알알처럼 푸르게 익어가고
그 맑은 사랑의 노래
만년의 속삭임으로
문을 열어 젖힌다.

사랑의 여울림을 들으며
햇살처럼 펴져 가는
불꽃 같은 사랑으로
그 님을 맞이하고 싶다.

내 몸을 애무하듯
온통 더듬어 가는 그 향기
나의 마음까지 적시며
창가에 바람처럼 스쳐간다.

● 임영모 열한 번째 시집

내리는 빗방울 속에다
내 마음을 하나씩 담아
예술 같은 사랑놀이할 때
내리는 빗소리
이별의 소리로 내 가슴을 친다.

꿈꾸는 그림

내 마음을 그림판 삼아
내 눈빛으로 당신을 그려봅니다
그런데 정성을 다해
당신의 모습을 떠올려 보지만
얼른 상상이 잘 안됩니다.

당신은 내가 보이지 않는 곳에서
지금쯤 무얼 생각하고 있을까요.
나는 우리의 행복을 꿈꾸는
아름다운 설계를 하고 있는데
멋진 사랑놀이를 할 동산도 만들었어요.

그런데 당신은 내 마음 밖에
공기처럼 머물고 있나 봐요
당신의 체취를 느낄 수가 있는데
눈으로는 볼 수 없으니 말이에요
우리는 그 날을 위해
지금 꿈을 꾸고 있나 봅니다.

꿈의 미소

비야 비야
내 몸을 흥건히 적신 비야
흔들어 봐도 털어지지 않는
내 살결에 슬픔을 안고
울고 또 울어
눈물 되어 흐를 때
눈을 떠서 저 앞을 보면
꿈 같은 시간 되어 흐른다.

언제나 미소를 주는 햇살을
나비 날갯짓처럼
가슴에 한 없이 안으며
내 마음을 닮은
햇살의 미소 따라
사랑을 꽃피우는 꿈을 꾼다.

세월을 버리는 인생

이른 아침 짙은 안개 눈으로 거둬내고
생동하는 찬란한 햇살을 호흡하며
맑고 밝은 속이 꽉 찬 세상을 바라본다.

숱한 인생사 살다 보면
모든 사물이 자연 이치에 순응하듯
하루 하루가 변화무쌍한 날씨와 같구나.

울고 웃는 삶의 시련 속에
희로애락 멍에처럼 짊어지고
무너진 세월 바람맞으며 맥없이 늙어간다.

오늘도 가파른 인생살이
삶을 일구며 사는 건지
아니면 세월을 버리며 사는 건지 알 수가 없구나.

하늘 그림자

높은 저 하늘가에
외롭게 홀로 서 있는
슬픈 구름 한 조각
언젠가 내 곁을
소리 없이 떠나 버린
그 사랑의 그림자일까.

그리워할 새도 없이
슬픔에 잠겨 버린 그 이름
내 몸 구석구석 땀방울처럼
젖어오는 그대의 사랑이
아련한 그 추억 속에
내 눈 속에 살포시 젖어드네.

높은 저 하늘가에
외롭게 홀로 서 있는
슬픈 구름 한 조각
언젠가 내 곁을
소리 없이 떠나 버린
그 사랑의 그림자일까.

이별의 눈물

누구의 이별 눈물인가
한없이 내리는 빗줄기
눈에서 입에서 온몸에서
슬픔을 토해낸다.

사랑의 외로움에 떨고 있는
내 마음에 흠뻑 젖어 올수록
그리운 사랑이 짙게 물들여지고
내 마음을 더 아프게 한다.

내리는 빗줄기 속에 가려진
이별의 슬픈 사연이
방울방울 서린 마음
내 눈동자마냥 흘러간다.

사람으로 태어나서

사람으로 태어나서 산다는 것을
하루를 살아도 나의 고귀한 생명을 사랑해야 한다.

사람으로 태어나서 산다는 것을
하루를 살아도 삶의 보람으로 행복해야 한다.

사람으로 태어나서 산다는 것을
하루를 살아도 아름다운 마음으로 세상을 봐야 한다.

사람으로 태어나서 산다는 것을
하루를 살아도 흘릴 눈물이 있다면 감동해야 한다.

사람으로 태어나서 산다는 것을
하루를 살아도 남을 도울 수가 있다면 기뻐해야 한다.

사람으로 태어나서 산다는 것을
하루를 살아도 내게 다가온 인연을 소중히 여겨야 한다.

사람으로 태어나서 산다는 것을
하루를 살아도 삶의 희로애락을 껴안을 수 있다면 성공한 인생이다.

바람의 노래

눈앞을 살짝 스쳐 가는 바람의 소리
침묵하고 있는 고요한 마음에
아침 인사 같은 상냥한 노래가 된다.

어느 곳에서 실어 왔는지
향긋한 내음 내 마음 속 깊이
사랑의 손길로 살짝 뿌려 주고 간다.

삶의 정에 메마른 가슴에
바람이 정열의 리듬이 되고
향기가 부드러운 선율이 되어 흐른다.

세상 안에 있는 행복의 숨결이
봄날의 나비처럼 날아와
황량했던 내 품안에 꽃밭처럼 앉는다.

추억을 더듬고자 눈을 지극히 감으면
한밤중 꿈결 같은 공간이 열리고
세상의 인연들이 바람 따라 노래를 한다.

시간의 리듬

향긋했던 봄날의 그리움을 토해낸
긴 여름 장맛비가 리듬을 멈추고
검은 먹구름이 몸을 씻고 나니
하얀 구름 속에 걸려 있는
푸른 빛의 눈동자가 보인다.

그리움의 그 시간들을 넘어서
생시처럼 피어나는 그 날들
장맛비 뒤에 금빛 햇살이 다가와
내 가슴에 무지개로 피어오른다.

추억 하나의 공상

문틈 사이로 스며드는
싸늘한 그리움
마음 한구석에 그려내는
기억 저편 추억의 그림자들
도둑고양이처럼 살금살금 다가설 때
생생한 추억 하나 어슬렁거리며 나타난다.

지난 나날을 또 더듬고 더듬어서
미련 하나 남김 없이
내 마음에 주워 담아
공상의 여백 속에 그렸던
그 추억의 행복들이
그 날의 자취만 꿈결같이 남아
내 마음이 보일까 말까 하는
작은 문틈 사이로 스며드는
싸늘한 그리움으로
내 마음에 가시처럼 돋아난다.

4부

인생만사 희로애락

인생만사 희로애락

이별과 슬픔과 행복과 사랑
세상만사 사물의 이치를
세월 바람에서 터득하고
깊어가는 감정이 치솟는
사연 많은 불혹의 나이가
손님처럼 훌쩍 왔다 간다.

눈 감아도 잡힐 듯 보이는
인생길을 걷고 또 뛰어 넘어
지천명을 온몸으로 맞으며
세상사 한눈에 들어오는
이순으로 무르익어가는 길이
거울에 비취는 얼굴처럼 보인다.

나는 나는
그 세월을 노래하며
인생을 품고 세상을 품고
인생만사 희로애락도
바람처럼 구름처럼 거닐며
가는 세월을 붙잡고
잠시 쉬어간들 어떠하냐고 하소연해 본다.

시인의 마음

봄 여름 가을 겨울
사계절처럼
사람의 변화 물결이
자연을 닮았으면 좋겠다.

한가하게 떠도는 바람 같은
자유로움으로
세월의 품안을 휘어 감았으면 좋겠다.

저 높은 하늘에서
내려다보는
큰 눈을 가지고
세상을 내려봤으면 좋겠다.

한 뼘의 마음 속에
복잡한 인생의 이치를 담고
어두운 곳에 빛을 그려내는
시인의 마음이었으면 좋겠다.

눈물로 얼룩진 멍에

아가 숨결 같은 작은 바람에도
힘 없이 흔들리던 나뭇잎
숱한 땅속 길처럼
길 없는 길로 얽힌 세상사였다.

한 걸음 한 걸음 무심의 고갯길로
굽이굽이로 이루어진 세월길
다시 가라고 하면 마디마디마다
슬픈 고통이 서리처럼 고여 있었다.

눈뜨고는 도저히 갈 수 없는
운명 같은 멍에를 짊어지고
놓치면 죽을까 스스로 걸어온 길
어쩔 때는 소처럼 성큼성큼 걸어 왔었다.

또 어쩔 때는 말처럼 뛰어도 보지 않고
가쁜 숨을 몰아쉬며 그렇게 뛰어온 길
어둠 속에도 내 가슴에 뿌려준 저 달빛은
나의 사연을 깊은 밤 꿈속에서 봤을 것이다.

그래도 내 마음을 아는 양

눈물로 얼룩진 멍에를 차마 못 보고
구름 속으로 얼굴을 숨겨 버린다.

얄궂은 삶 속에서 아픈 불꽃 같은 나날들
삶도 사랑도 인정도 구걸 없이 내 길을 걸어
내 인생 고비마다 겹겹이 쌓인 먼지
이제는 저 새로운 바람에 털어 버리련다.

시간을 꿈꾸며

인적 없는 시간 속에
눈 덮인 바위에 앉아
천만 년의 애환을 품은
늙은 노송이 세상을 보며
바람 타고 노래를 한다.

살이 찌어지고 뼈가 부서지는
서러움이 알알이 맺힌
차디찬 바람도
넘실거리는 춤 자락으로 만들고
땅 속 깊게 깊게 뿌리 내린
오가는 세월을 꿈꾸듯 자리잡는다.

야속한 삭풍에
잎사귀 떨어지고
가지는 휘어지고 꺾어져도
가슴 속에는 늘 변함 없는
그 모습을 간직하며
세월을 머금은
그 흔적만 남긴다.

추운 엄동설한 밤이 지나면
꽃 피고 새가 우는
봄날이 오고
그때 햇볕이 내리는
양지 바른 곳에서
온 세상에 봄꽃의 향기를
피워 주리라.

인생은 희망은

인생의 간절한 희망은 무엇일까
건강일까
돈일까
명예일까
권력일까
아니면 참되게 살아가는 것일까

때론 건강일 수도 있고
때론 돈일 수도 있고
또 때론 명예와 권력일 수도 있고
또 때론 참되게 살아가는 양심도 있을 것이다

더 욕심을 낸다면
이 모두가 자신의 희망이 되고
현실의 축복으로 다가오기를 바랄 것이다

하지만 그것은 죽었다 깨어나도
도저히 이룰 수 없는 너무나 큰 욕심이다
그렇다면
인생의 의미와 보람과 행복은 과연 무엇일까

밥상에 밥이 넘치면은
그 밥그릇의 밥은 이미
음식 쓰레기에 지나지 않는다
나의 배를 적당히 채워 줄 수 있는 밥이
진정으로 일용할 양식이 되는 것이다

모든 욕심을 버리자
욕심 속에는 지독한 독이 도사리고 있다
욕심을 쓰레기처럼 버리자
다시는 재활용할 수 없는 쓰레기로 말이다.

생의 멍에

세상에 인간으로 태어나서
어느 누구인들
근심 걱정 없으랴
어느 누구인들
고단하지 않은 생명이
어디 있으랴.

가진 자는 가진 대로
못 가진 자는 못 가진 대로
사람마다 정해진 그 몫대로
짊어질 수 있는 무게만큼씩
누구든 거부할 수 없는
운명의 멍에를 짊어지고 산다.

주어진 하루 하루의 삶이
힘들고 고단하여도
그 모든 근심걱정을
바람에 티끌처럼 날려 버리고
무거운 마음을 청산에 올려 보낸다.

가쁜 숨을 잠시 고르며

옆을 보고 뒤를 바라보고
저 앞을 똑바로 보며
저 아래를 다시 내려다보니
나의 고단함 만치
어느 사람도 운명으로 짊어지고
끙끙대며 가는 모습이 보인다.

추억의 발걸음

슬픈 곡선 흘러 내리면
초조한 시간 흘러 흘러
어디로 갈까 서성인다.

날마다 바람처럼 불어오는
쓸쓸한 고독만이
공중을 떠도는 구름처럼
흘러만 간다.

그리움이 추억을 그리던 그 날을
외롭게 떠도는 흔적만 남긴 채
텅 빈 가슴에
세월의 그림자를 그려 넣는다.

오늘도 세월 따라 흘러가는
막막한 시간 속의 끈을 잡고
임자 없는 발걸음이
바쁘게 허덕이고 있다.

고향의 향수

석양에 너울이 질 때면
들판에 풀벌레 소리
구슬피 울어대고
논두렁 길 걸어가는
황소 발걸음
뚜벅뚜벅 뚜벅뚜벅
서산마루 걸터 있는
황혼 빛 그림자 밟으며
새들의 합창소리와
딸랑거리는 풍경 소리에 담아
정든 고향 노래를 들려줍니다.

눈을 감으면 떠오르는
고향의 내 어린 모습이
아름다운 풍경화로 그려질 때
나 어린 시절 그 꿈을 품었던
지난 세월을 마음에 담고
동화 같은 그 추억들을
호롱불 빛에 가물거리던
어머니의 옛날 이야기를 향수합니다.

들꽃의 미학

꽃병에 꽂힌 꽃의 화려함이
내 눈길을 속이며
시들어 가는 향기를 숨긴 채
내 코도 속이면서
자꾸자꾸 다가온다.

이미 생명이 다 된 꽃
이미 꺾어져 버린 꽃
아무리 화려함으로
치장을 시켜 놓아도
그건 순간적인 가면극에 불과하다.

나는 들길을 거닐다가
없는 듯 있는 듯
하늘로 머리를 올리고
바람결로 인사하며
나를 맞이해 준
들꽃의 향기를
내 마음에 담고 싶다.

바람결에 춤추고 노래하는

자유로운 몸가짐으로
세상을 꽃병 삼아
자유롭게 뿌리내린 들꽃이고 싶다.

때가 대면
어김 없이 피어나서
오가는 길손에게
눈길을 주며 미소를 짓는
그런 소박한 들꽃이고 싶다.

한 계절에만 피고 마는
화무십일홍이 아닌
사계절 어느 곳이든
나의 마음처럼 피어나서
세월을 노래하는
그런 들꽃이고 싶다.

사람들이 이름을
기억해 주지 않아도
슬퍼하거나 외로워하지 않는
기다림의 미학을 아는
그런 들꽃이고 싶다.

어머니의 삶은 사계절 같습니다

어머니 어머니를 생각하면
저절로 가슴이 저미며 아려 옵니다
가 버린 세월을 멍하니 바라보며
어머니의 늙어 버린 나이를 세어 보면
맑은 하늘에 빗방울이 돋듯
내 밝은 얼굴에는
어느새 어머니의 얼굴을 담은
눈물 방울이 양볼을 타고
흘러 내립니다.

세상에 인간으로 태어나 남긴
어머니 삶의 모습은
어머니가 앉은자리
자리마다 달랐습니다.

자연에 순응하는 사계절처럼
어머니 어머니는
어쩔 때는 봄날처럼
가정의 사랑을 위해
활짝 핀 꽃 같은
예쁜 향기가 되었고

또 어쩔 때는
우리 가정의 행복을 위해
뜨거운 태양을 머리에다 이고
여름날의 뜨거운 정열을
건강한 푸른 빛으로 품어냈던
어머니였습니다.

어디 그뿐이겠습니까
어머니의 화려함은
가을날 단풍잎처럼
잠시 잠깐 머물다
낙엽으로 변해 가는
쓸쓸함이었습니다.

그리고 찬바람이 불고
서리가 내리고 눈보라가 칠 때면
앙상한 나뭇가지로 남아
엄동설한을 꿋꿋이 지키며
다시 한 송이 꽃 같은
생명을 잉태하기 위해
봄날을 꿈꾸었습니다.

모진 세월 바람을 온몸으로
사계절을 맞으며
꿋꿋이 서 있는 나무처럼
어머니의 삶은 이리도 달랐습니다.

어머니의 살아온 삶을 되새기며
어머니 어머니 생각에
한없는 깊은 슬픔에 젖어
눈물지어 봅니다.

이별의 눈물

세상에 태어나서
신비롭게 주어진
신이 내린 최고의 선물로 인해
나는 그대와 인연을 맺게 되었다.

온 세상을 다 얻은
한없는 기쁨 속에는
춤을 추듯 좋아했던 그 약속으로
내 마음에는 행복의 낙원을 꿈꾸었다.

어느 날 소리 없는 바람마냥
온다 간다는 말도 없이
흔적 없이 스쳐 지나갈지라도
나는 저 하늘을 바라보며 그대를 부르겠다.

내가 부르다 지친
그대의 이름이 허공에 떠돌다
한없이 흘러내리는 이별의 눈물일지라도
그대의 마음인 양
내 마음 깊은 곳까지 젖어들게 하겠다.

고향의 옛 정서

따사로운 마음이
하늘에서 내리고
돌담을 돌아가며
끊어질 듯 이어지는
우리 동네 골목길에는
그 시절 동무들의
동심 어린 어울림이
세상에서 가장 아름다운
맑고 밝은 선율로 흘러 나왔다.

그 선율에 맞추어
우리는 어깨동무를 하고
하늘에서 내려준
따뜻한 마음을 온종일 쬐며
세상에서 가장 낮은
한 뼘 밖에 안 되는 눈높이로
해맑은 웃음을 지으며
세월을 잡고 동심을 꿈꾸었다.

흙과 돌과 풀과 물과
각종 벌레들이

동심에겐 둘도 없는 놀이였고
그 날의 천사들이 꿈꾸며 놀 때
세월도 구경하고 갔던
동화 같은 옛 꿈들이 그립다.

우리의 꿈을 이루어 줄 것 같은
기러기가 날고 종달새가 울어대던
나 인생 최고의 시절이었던
내 고향 동심의 하늘땅이 그립다.

바람과 들꽃

들길을 걷다 보면
미소를 잃지 않는 들꽃이
바람과 함께 놀고 있는 모습이 보인다.

바람은 가는 길을 멈추고
들꽃을 투명 천으로 감싸고
들꽃들과 이야기하는 모습이 보인다.

바람은 불어오다가
들꽃이 있는 곳에서는
들꽃의 사연을 다 듣고
지나가는 것이 보인다.

고운 실 같은 화사한 봄볕에도
붉은 실 같은 무더운 여름 햇볕에도
비단실 같은 청명한 가을 햇볕에도
실오라기 같은 겨울 햇볕에도

들꽃들이 춤추며 노래할 수 있도록
아주 작은 떨림의 선율로
그들만의 신비로운 세상이 보인다.

노을빛 인생

푸른 젊은 시절 신선한 사랑이
가슴에 피어나는 한 송이 꽃이 되어
따사로운 사랑과 설레임으로
무지개처럼 피어났다면
늙어 가는 이별과 연민의 사랑은
빛 바랜 노을빛으로 외로움에 젖어 간다.

세상의 근심 걱정 다 내려놓고
세월이 그려 놓은 희로애락만큼
푸른 빛은 추억의 자양분으로 삼고
소중한 노을빛은
어둠 속에 달빛으로 올라
진정한 인생의 맛을 그려내는
황혼의 삶을 살아갈 것이다.

황혼녘의 노을 같은 그림자로 동행해 준
내 생명의 전부인 그대와 함께
세살박이의 깨끗한 눈으로
아름다운 세상을 더 신비롭게 바라보며
나의 과거와 현실과 미래를 길동무 삼아
언제나 꿈을 꾸는 공존 속에 저 먼 길을 가고 싶다.

인생의 눈물

인생을 살아가면서
사람들은 굽이굽이마다
고단함과 슬픔을
사랑과 이별을
아침의 이슬처럼
저녁에 안개처럼 맞이하며
희로애락의 눈물
흘릴 때가 많습니다.

넓은 세상 바다에
흘러 내린 삶의 눈물
내가 흘린 눈물도
세월의 강물이 되어
저기 어디쯤 가고 있을 겁니다.

사랑과 이별을 위해 흘린 눈물과
고단한 삶을 위해 흘린 눈물의 양은
과연 어느 쪽이 더 많고
어느 쪽의 눈물이
더 값어치 있는 눈물이었을까.

곰곰이 생각해 봐도
그 답은 이을 수 없는
꿈속의 한 토막처럼
나의 생각을 가로막고 있다.

그래도 어둠 속에서 꿈을 꾸듯
인생은 고단한 삶의
눈물 속에서 피어나고
인생은 사랑과 이별 속에서
자라난다.

여인의 혼불

불 지피는
가련한 여인네
물 한 바가지라도 붓지 못하고
혼불처럼 솥단지만 벌겋게 달아오른다.

정갈한 몸가짐
여인의 형안에
한 서린 이슬방울이 맺혀
벌겋게 달아오른 두 뺨을 타고 흐른다.

영원히 식지 않을 것 같은
여인의 뜨거운 마음에
미움과 증오보다는 그래도 사랑이
저 산 힘겹게 넘어가는 구름처럼 흐른다.

영혼의 노래

흰 구름 속에
영혼이 있습니다
달빛 그림자에
아기별이 숨쉬고 있습니다.

하늘이 변화를 이루는 신묘함이
이 땅에 있는 나를
영원의 세계로 인도하고 있습니다.

슬픔이 있고 울음이 있고
진실과 거짓이 있고
불행과 고행이 있는
이 세계의 미련을 버리라고 합니다.

세상은 허수아비와 같은 것이라고
하얀 구름이 나의 영혼을 안습니다.
바람결도 저절로 노래하며
나의 불안한 영혼을 달래주고 있습니다.

5부

님을 위한 기도

눈동자 미소

깊어 가는 밤 잠 못 이룬 까닭은
그 님의 얼굴이 나의 숨결에
달콤하게 익어 가는
그리움으로 남아 있습니다.

내 눈동자에 아롱거리는 고운 미소
고이고이 간직한 순간들
내 마음 깊은 곳에
조용히 찾아 왔습니다.

그 님이 오시는 날 예쁜 색동옷 입고
그 님 앞에 서서 나의 마음을 펼쳐 놓고
영원히 변하지 않는
사랑의 시를 수놓아 가렵니다.

우리가 살아가는 숨 가쁜 세월을
함께 존재하는 이유 하나로 만족하고
그 님을 나의 그림자로 여기며
한평생 세월 속에 품어 가겠습니다.

연인의 미로

바람결과 같은 사랑의 숨결
오고가는 인연 속에 피어나는
외로운 들꽃 같은 것
거친 비바람을 이겨내며
때론 자연을 위해
아낌 없는 희생을 바친다.

안개 물방울과 같은 사랑의 숨결
풀잎에 이슬처럼
새벽녘에 얼굴을 내밀고
햇살의 미소에 마음을 감추며
영롱한 신비를 꿈꾸는 미로
때론 구름 속에
몸을 숨긴 달빛 같은 것이다.

님을 위한 기도

기다림의 여백에서
꿈을 꾸는 나의 외로움은
저 언덕 너머에서 서성이는
노을빛과 같습니다.

그립고 그리운 그 얼굴을
내 두 눈동자에 담아 두고
당신에게 생명보다 더 큰
사랑의 메시지를 전합니다.

아무리 붙잡고 불러 봐도
내 앞을 지나간 세월은 대답이 없고
허망과 외로움 속에 슬픔만이
안개구름처럼 물들어 옵니다.

그래도 마음 깊은 한구석에
지난 세월 아려 내리는
그리운 꿈을 꼭 껴안고
그 어떤 아픔도 봄날처럼 피어날 것입니다.

봄빛이 그려낸 예쁜 꽃잎에

아지랑이 따라 싱그러운 향기를 불어넣고
생명으로 다시 승화하는
기쁨을 맛보렵니다.

이 세상에 오직 한 사람
소중한 의미를 마음에 담고 있는 당신을 위해
평생을 쉬지 않고
바위처럼 앉아 기도하겠습니다.

사연

인적 없는 깊은 숲속에
외로운 새 한 마리
그 깊은 속을 알 수 없는
서러운 울음소리가
산자락을 파고든다

새벽 찬 바람이
여린 살을 파고드는 이른 새벽에
무슨 사연을 말하고 있는 걸까
이 밤을 무겁게 덮었던 어둠이 걷혀 가니
새 한 마리 품고 있는
소나무가 애초롭다.

이별과 세월

고운 정 예쁜 마음 맑은 세상에
가슴을 활짝 열어 놓고
먼지처럼 쌓인 얼룩진 고뇌를
빛바랜 갈색 바람에 묻혀 보낸다.

순간순간 망각하는
바보 같은 웃음을 피우고
미련도 사랑도 인정도 없이
저만치 가는 세월을 그 님인 양 바라본다.

슬픈 눈물 속에 그려진
떨쳐 버리기 싫은 소망들을
빈 그릇에 물을 붓듯
흘러내린 눈물을
마음 속에 채워 넣는다.

하얀 그리움

아주 많은 시간이 흘러갔지만
그래도 지난 그 세월은
내 마음 한구석에서
꽃비에 묶인 채 오랫동안 맴돌고 있습니다.

만날 수 없는 아픔을
행여 한밤중의 꿈처럼 깨질까
고이고이 간직한 신주단지처럼
님의 모습을 가슴에 움켜쥐었습니다.

그 날이 그리워 마음이 울면
싸늘한 바람이 불어오고
눈가에는 차가운 눈물이
말 없이 밀려오는 하얀 그리움으로 다가옵니다.

가슴에서 그려지는 곱디고운 사랑이
세월 바람에 상처 입은 꽃잎 되어
초라한 모습으로 얼룩진 그 날을 생각하면
꽁꽁 얼어붙은 겨울비처럼 더욱 슬프게 내립니다.

슬픈 추억

봄바람 향기에 흔들리는 나뭇잎은
서로를 안아달라 사랑을 노래하지만
어둠 속에 젖어오는 고요한 시간은
밤이슬처럼 슬픈 추억만 촉촉이 내려줍니다.

이별의 상처가 눈물 되어 내릴 때
다시는 보지 못할 그 얼굴을
저 허공의 달처럼 띄워 보며
적막한 고독 속에 그 님을 그려봅니다.

많은 세월이 지나간 어느 날
님을 닮은 어느 여인이 우연히 지나가면
생생한 꿈속에 아롱거리는 그 모습들을
마음 속에 다시 새겨 놓고 꿈결처럼 님을 보겠습니다.

세월의 소리

봄꽃 피어나는
조그마한 언덕에서
아직 소녀적 꿈을 꾼 지
어젯밤 꿈속 같은데
어느새 서산에 해가 기울 듯
세월도 저물어 가고
또 무상하게 지나가는 세월 소리
한해 계절 품안에서 울어대는
구슬픈 풀벌레 소리 되어
덧없는 인생 처지 아는 듯
어찌 그리 서글피 울어댈까.

인생 단풍

사방에 피어난 꽃향기
그 화려한 봄날은
세월 바람에 가버렸어도
벌써 가을이 올 줄은 몰랐네.

바람 같은 세월 앞에
젊은 시절 간 곳 없고
그 꿈만 같은 청춘시절
인생 단풍 물들어 가고 있네.

그래도 나의 삶은 희망이 손짓하는
그 계절을 찾아
구름 위에 마음 싣고
아름다운 세상을 바라보네.

그렇게 세월은 흘러갔지만
그렇게 인생은 늙어갔지만
그래도 세상은 신비롭고 아름다운 것
그래도 인생은 행복하다네.

가을의 정취

가을 바다는
하늘과 바다가 어딘가
갈매기도 바다를 찾아
하늘로 날아간다
하얀 구름이 돛단배 되어
정처 없는 방랑자의 길을 떠나고
살랑거리며 가을을 노래한
갈색 바람결은
맴도는 고추잠자리 눈치 보며
가만 가만 하늘을 기웃거린다.

가을 사색

깊어가는 가을
오는 세월 붙잡고
맑고 푸른 사색 물결로
내 마음에 단풍잎처럼 물들이고
저 멀리 흘러가는 세월의 강으로
외롭게 떠나가는 나뭇잎 조각배에
님의 그리움 싣고 추억의 길을 떠납니다.

어머니의 달

청아한 가을바람 타고
저 하늘에 올라선 달빛
세상의 그리움 가득 실은
어머니의 넉넉한 사랑인 양
밝고 고운 둥근 달로 떠서
어두운 세상길을 밝혀주는
한가위 보름달은 어머니의 달입니다.

계수나무 아래에서
토끼는 지금도 방아를 찧고 있을까
동화책을 펼치면
마음은 어느새 고향의 가을밤.

인생 그리움

세월을 밀어내는
가을바람 속에
인생 그리움을 품고
푸른 창공을 서성이는
길 잃은 새털구름
갈색 낙엽으로 떨어질
단풍잎이 가엾어라.

어느새
산허리 중턱에 내려앉아
단풍잎의 숨결을 선율하며
그 흔적 님의 품에
잠시 머물다 떠날 때는
빈 마음으로 먼 길을 간다.

그리운 노래

님을 향한 나의 마음이
산을 넘고 강을 건너
세월을 뚫고
거침없이 넘어가는
님을 부른 바람입니다.

님을 향한 나의 사랑이
푸른 하늘 거울삼아
맑은 마음 그려 넣고
공중을 새처럼 날며
님의 마음 노래합니다.

임자 없이 떠도는
바람소리 모아모아
가을 음색 만들어
님 그리울 때 불러 보는
소리 없는 영혼의 숨결입니다.

인연의 꿈

세월을 등에 업은 채
가을바람 타고
가슴 속 그리움 찾아
무럭무럭 익어 가는 인연의 길
마음은 하얀색으로
모습은 노랑색으로
그리움은 보라색으로
사랑은 빨강색으로
그녀와의 인연이
울긋불긋한 단풍잎 숲처럼
물들어 가고 있습니다
어둠 속에서도
영롱한 인연을 찾아낸 이슬처럼
저 먼 날의
추억 속에 꽃처럼 심어놓고
그녀와의 인연을
노래하는 꿈으로
아름답게 피워 가겠습니다.

그리움을 사랑합니다

님이 보고프면
하늘에 떠다니는
구름을 바라봅니다.

가슴에서 그리움이 밀려오면
불어오는 바람에
마음을 실어 보냅니다.

저물어 가는 저녁 풀벌레 소리가 들리면
눈을 감고 지나가는 시간을
꿈을 꾸어봅니다.

파란 가을 하늘 위에 자유를 노래하는
하얀 구름 같은 님이
맑은 눈 속에서 그려집니다.

님이 보고파 그리움이 덧없이 밀려오면
가슴 속에 오색 단풍잎으로
수를 놓겠습니다.

차곡차곡 쌓이는 시간의 굴레 속에서

가을의 아름다운 단풍이
낙엽 되어 떠나갑니다.

그래도 나는 책장 속에 넣어두고
사랑했던 추억으로
이 가을을 꺼내 보렵니다.

가슴에 젖어 깨어나지 않는 그리움이
가을보다 더 아름다운
사랑을 했기 때문입니다.

6부

세월의 연정

사랑의 향기

파도 타고 퍼져 가는
구슬 같은 물보라가
꽃처럼 피어올라
사랑의 향기로 다가옵니다.

모래알 수 만치
알알이 그린 사연
모래 밭 같은 심연 속에
사랑의 물을 가득 채우겠습니다.

가을의 명상

사물을 완숙케 하는
비단실 같은 황금빛 가을 햇살은
밤새워 꿈을 꾸었던 님을 위한 사랑입니다.

세상의 넓은 가슴에다
맑은 손짓으로 그린 가을바람은
세월을 씻어주는 영혼의 선율입니다.

빨주노초파남보
단풍의 고운 자태는
내 몸을 비집고 나와 사랑을 불태우는 흔적입니다.

날이 새면 깨어질 꿈처럼
이 가을의 명상이 지나면
구름처럼 허공을 떠돌 그리움만 남을 것입니다.

세상길 푸른 마음에 하얀 그리움으로
서산 넘어가는 노을빛을 잡아
가을 꽃 같은 인생사 얼굴을 그려 봅니다.

세월의 연정

님의 그리운 숨결처럼
몸단장하듯 피어나는
새벽안개를 붓 삼아
마음 속 거울에 그려지는
단풍 빛깔 님의 얼굴을
가을이 남기고 간
추억의 품안에 담아 둡니다.

흘러가는 세월의 연정을 꿈꾸며
황혼 빛 같은 서정이 되어 버린 님의 소리가
영혼 빛보다 더 맑디 맑은
자연의 눈물 방울 선율 따라
떠나는 한 잎 낙엽의 외로움이
다른 인연을 찾아가는 세월 바람에
갈색으로 변해 버린 상처를 쓰다듬어 줍니다.

세월의 여심

길고 가녀린 허리춤에
그리움 한들한들 동여매고
오가다 들리는 바람결에
외로움 흘려 보낸다.

님을 향한 마음을
흔들어 보지만
온종일 바라보는 저 하늘은
야속한 님 오기만큼 드높기만 하다.

세월물결 따라 흘러흘러
사무친 기다림 속에
순결한 꽃 잎 하나 떨어지고
행여 님 오시기 전
찬바람이 불어 올세라
길어진 한숨 속에
강물처럼 흘러가는 쓸쓸함이 다가온다.

환상

코스모스 환한 얼굴을
길손의 미소인 양 그리며
외로운 마음을 덜어 놓고
세월 따라 흘러가는 가을날에

누군가의 어여쁨을
단풍 빛으로 물들이는
진실한 자연 빛 같은
순수하고 깨끗한 색깔이고 싶습니다.

한때 세상을 유혹하듯
피었다 지는 화려한 꽃보다
사시사철 늘 푸른 소나무처럼
언제나 한결 같은 모습이 되어

아침 같은 사랑의 희망으로 떠올라
소망을 향한 믿음의 자리로 서서
황혼이 넘어가는 시간 너머까지
떨어지지 않는 그림자 숨결이 되겠습니나.

그리고 불현듯

혼자라는 생각이 들 때면
가끔 나무 그늘에 앉아
먼 하늘을 바라보며

눈부신 햇살을 님이 내린
한 줄기 사랑의 빛으로 알고
영영 꿈속에도 놓치지 않는
신비로운 인연의 끈을 이어가겠습니다.

가을 그림자

청아한 바람으로 마음 씻고
높고 푸른 하늘을 걸어가며
저무는 노을빛으로
어둠을 밝히는 꿈을 그리고
깊어 가는 가을 그림자와
한평생 길을 가는 동행이고 싶다.

길의 명상

바람에 갇힌 세월의 길이 짧다
빛바랜 가을 햇살이
떨어진 낙엽을 뒤적일 때
하얀 뭉게구름에 마음 얹고
세상만사 시름 놓아
혼자 걷는 길을 품은
바람도 눈감은 명상에 잠기고 싶다.

사랑의 영혼

님의 고유한 숨결
가을날 향기로 다가와
내 가슴을 설레게 하는 리듬이었습니다.

보고픈 애틋한 그리움은
무정한 세월 바람을 이겨내지 못하고
이슬을 품에 안고 고독에 젖은 나뭇잎이었습니다.

단풍잎에 새색시처럼
살포시 내려앉은 따사로운 햇살은
애타게 님을 부르는 사랑의 미소였습니다

어느새 싸늘한 바람결에
낙엽 되어 길거리를 서성일 때
당신의 손길로 어루만져 주십시오
당신을 붉게 타오르며 그리워했던
나의 영혼을.

산골마을

그리움이 살고 있을까
추억이 잠들어 있을까
돌아보면 엊그제 같은
동네 돌담길 같은 옛날
그래도 손가락 꼽아보면
어느새 세월 속에 묻힌
까마득한 옛날
하얀 눈 쌓인 새벽길
차가운 달빛이 가슴 시리던
내 고향 산골마을
따사로운 햇살에 손 비비던
내 고향 산골마을
지금 그곳엔 누가누가 살고 있을까.

인생과 영혼

세상을 뚫고 지나간 무자비한 세월의 흔적은
저 허허벌판에
이름 모를 나약한 잡초 수 만치나
생에 못다 이룬 한풍으로 남아 있다.

강요받은 침묵의 시간들이
길고 긴 기다림의 여정 속에서
죽음을 넘어 저 영혼을 넘어
오로지 살아남기 위한
깊은 동면에 빠져 들어갈 뿐이다.

고통에 적응해 가는
신비로운 삶의 자욱 속에서
구비된 생명의 조건들이
피고 지는 사물의 생명처럼
냉혹한 적자생존의 세상무대가 냉정하다.

자연의 피조물인 숭고한 삶을
아름다운 대자연과 신비한 대자연에서
창조되고 진화되면서
오래오래 영생토록 살고 싶다.

세월을 꿈꾸는 누이

빨간 단풍 잎 같은 누이야
아직 그 어여쁜 흔적 남아있는데
맑은 하늘 고운 햇살 어데 두고
세월을 익게 했던 가는 손님
그리움 차가운 눈물에 담아
겨울로 가는 세월에서 서성이느냐.

나뭇가지에 앉아 조잘거리는 새떼들처럼
세상 이야기 화려한 잎새에 새겨 넣고
숱한 깃털 속에 그리운 사연 숨겨 놓은 채
세월의 바람 이는 날갯짓으로
소녀시절 동화 속 같은 마음 속을 가리고
차마 보내기 싫은 사랑을 실어 보내느냐.

늙어 가는 인생살이 텅 빈 겨울 하늘에
세상을 서정하는 어머니의 눈빛으로 그려진
신비한 영혼의 노을이 춤추고 노래할 때
누이의 심연 속에 하얀 눈꽃으로 피어
꿈속에서나마 꿈속에서나마
날이 새면 다시 느낄 그 세월을 그려 보겠느냐.

청산 같은 인생

세월의 등 뒤에 올라선
세상의 가슴 속에는
발길 닿고 눈길 닿는 곳마다
자연의 섭리에 따라
낙엽의 마음을 닮은
행복의 미소가 편안히 쉬고 있다.

돌 틈을 비집고 흘러 내린
물소리 선율에 맞춰
욕심 없이 사색하는
텅 빈 몸가짐으로
세상에서 가장 아름답고 신비로운
세월의 행복을 느끼고 있다.

어차피 빈 수레처럼
텅 빈 마음으로 가는 바람에
티 만한 욕심도 실어 보내고
낙엽 같은 가벼운 마음 펼쳐 놓고
하얀 눈사람에 영혼을 넣어
청산 같은 인생을 그려 보련다.

영원한 향기

연보라 국화 향기가
안개꽃처럼 피어나던 여인아
아직도 향긋한 그 흔적
맑고 고은 햇살 남았는데
추적추적한 겨울비는
길 잃은 나그네의
서러운 눈물처럼 내리고 있구나.

정 없는 세월의 가슴을 치고
인생 희로애락을
다시 꿈꾸는 시간들이
말 없는 그림자 숨결 속에
그 여인의 그리움을 담아
영원한 사랑을 노래할
깊은 심연의 길을 떠난다.

나그네 청춘

멍에처럼 짊어진
벗지 못할
삶에 웃고 우는 인생살이
젊은 청춘 그리워하는 나그네야
세월이 가는 마루턱에 앉아
우리 어머니 숨결이
아지랑이처럼 피어나는
고향집이 그립구나
얄궂은 운명 속에
구름처럼 흘러가는 인생살이
정처 없는 세월길에
가시밭길 사나운 길
어느 눈물인들 막을소냐.

추억으로 가는 사랑

그곳은 꽃도 별도 사랑도
저절로 눈물과 웃음 속에 피어나는 곳
헤어지는 길 위에
쓸쓸히 강물처럼 흘러가고
헤아릴 수 없는 숱한 그 날에
님을 부르는 이름이여
내 가슴 깊이 새겨졌는데
날이 갈수록 생각하면
너무 오래된 꽃잎처럼 떠올라
어둠 속에 사라지는 모습인데
지금도 그대는 그 날을 사랑하고 있는지
꼭 한 번 묻고 싶다
진실이 무엇인지
짧은 시간의 풋사랑이었을지라도
추억으로 가는 우리의 사랑 앞에.

낙엽의 눈물

벌거벗은 낙엽이
찬 바람을 맞으며
덜덜 떨고 있습니다

서로 서로 몸을
겹겹이 뒤섞어
바람막이 하나 없이
몸부림치는 낙엽입니다

나뭇가지 사이로
간신히 비쳐주는
햇살을 머금고
그나마 몸을 녹이며
서러운 눈물을 흘려 내립니다.

님을 향한 날개

님을 향한 나의 설레임이
산을 넘고 강을 건너가는 메아리가 되어
세월도 뚫고 흘러가는 바람결로
푸른 하늘을 거울삼아
나의 마음을 맑게 그려 넣고
공중을 새처럼 날며
님을 향한 그리운 날갯짓으로
꿈꾸는 세월의 그림자를 마음에 담아 갑니다.

임영모 제11시집

상상의 세월

•

지은이 / 임영모
펴낸이 / 김재엽
펴낸곳 / **한누리미디어**
디자인 / 지선숙

•

121-840, 서울시 마포구 서교동 395-13 서원빌딩 2층
전화 / (02)379-4514, 379-4519
Fax / (02)379-4516
E-mail/hannury2003@hanmail.net

•

신고번호 / 제300-2006-61호
등록일 / 1993. 11. 4

•

초판발행일 / 2011년 12월 1일

•

ⓒ 2011 임영모 Printed in KOREA

•

값 10,000원

•

※잘못된 책은 바꿔드립니다.

•

ISBN 978-89-7969-406-2　03810